En toute indiscrétion

Odile ANIZET

En toute indiscrétion

© 2022 Odile ANIZET

Édition : BoD – Books on Demand, info@bod.fr
Impression : BoD – Books on Demand, In de Tarpen 42,
Norderstedt (Allemagne)
Impression à la demande
Illustration : photo Gossip girl- anonyme- Corbis

ISBN : 978-2-3224-1250-1
Dépôt légal : Juillet 2022

En toute indiscrétion

Avant-propos

L'image se suffit à elle-même. Les mots, bien souvent, n'ont pas sa puissance, même s'ils sollicitent davantage notre imagination.

Peindre la vie quotidienne, c'est ce qu'ont fait Georges-Henry Boughton ou Edouard Manet Edward Hopper et tant d'autres.

Saisir l'instant dans une photographie, c'est tout l'art de Maurice-Louis Branger, Robert Doisneau, Bert Hardy, Paul Almasy ou Marie-Laure De Decker, par exemple.

Xénia Hausner, elle, s'empare d'une de ses photos et la retravaille en densifiant ainsi le réel, en le dramatisant.

Les uns comme les autres donnent à voir le monde, le rendent vivant aux yeux de tous. Ils ancrent ainsi la vie des hommes dans un espace et un temps, en la figeant tout en lui donnant corps.

Leurs œuvres m'ont inspiré des destins.

Départs ou rencontres, retrouvailles ou adieux, vie quotidienne, amour, amitié, famille, les personnages dont il est question ici sont des hommes et des femmes d'hier et d'aujourd'hui qui disent leur époque, ses crises ou ses absurdités. Mais ils tracent aussi l'éternel sillon de l'existence humaine.

Je me suis immiscée dans leur vie, en toute indiscrétion, cherchant à comprendre ce qui se jouait ici ou simplement laissant ma créativité s'emparer de la scène. Sans présomption de quoi de ce soit, par jeu, par plaisir. Les versions peuvent être nombreuses. A vous lecteur, de vous en emparer et de construire la vôtre.

Odile Anizet

Elle me porte sur son dos

Regards sur l'apartheid - Marie-Laure de Decker[1]

« Le courage, c'est ce qui fait la différence entre les gens » Marie-Laure de Decker

Elle me porte sur son dos….C'est ce que dit la photo que je viens de retrouver dans les papiers de mon père, ceux qui sont arrivés de Durban après sa mort. Au dos : « Durban- 1964 »

Elle, c'est Mbaly, ma nanny. Elle vit chez nous, dans un minuscule réduit, à côté de ma chambre parce qu'elle doit être là pour moi, à toute heure. Nounou à plein temps, sans répit, sans vacances, sans d'autre enfant que celle d'un autre, son baas blanc.

Mon père n'est pas riche. Né à Durban, d'une famille anglaise implantée depuis le XVIIIème siècle, il travaille au port, comme chacun de ses

---

[1] https://www.toutpourlesfemmes.com/archive/afrique-du-sud-regards-sur-lapartheid

frères, comme l'ont fait son père, son grand-père. Nous habitons dans la presqu'île de Bluff, un quartier blanc alors que la famille de Mbaly est cantonnée au district d'Umlazi, un endroit sans confort où la maladie décime bien des nourrissons.

Je crois que c'est là qu'est prise la photo. Pourquoi nous y trouvons-nous ? Je ne m'en souviens pas ; j'ai quatre ans. J'essaie d'en imaginer la raison : un de ses enfants malades ? Son mari qui a eu un accident à la mine ? Sa mère peut-être ? La mienne ne doit rien savoir. Oui, je pense que nous sommes à Umlazi. La presqu'île est plus propre, moins triste ; il y a des jardins où s'étalent jacarandas et flamboyants, de belles dames qui prennent le thé sur leur terrasse et des enfants blancs qui jouent sur des pelouses vertes. Dans ces habitations circulent sans bruit des domestiques noirs qui s'occupent de rendre aisée la vie des blancs.

Longtemps je n'ai pas compris que j'étais blanche. D'abord parce que j'ai quitté l'Afrique du Sud quand j'avais dix ans, me retrouvant avec ma mère et ma sœur dans le fog anglais de Londres. Et puis, jusque là, il y avait Mbali pour m'aider en tout. Je sentais bien que nous n'étions pas sur le même pied d'égalité, enfin, je sentais quelque chose comme ça parce que ma mère la tutoyait et n'attendait d'elle qu'obéissance et soumission, sans jamais se soucier de qui elle était, ni de comment elle vivait. Nous n'avions pas la même couleur de peau mais cela ne voulait rien dire pour moi. C'était ma Nanny et je crois qu'elle m'aimait. Il y a chez les femmes une capacité à ne pas haïr pour rien. J'étais une enfant, vulnérable, sans autre attention que la sienne, sans autre affection que la sienne. Je n'étais pas blanche ; elle n'était pas noire ; j'étais une petite fille ; elle était ma Nanny.

Sur la photo, je tiens ma poupée par le bras, nonchalamment, comme l'antithèse de ces bras qui me soutiennent, me portent et me protègent de la boue, de la saleté des rues. Je suis juste aggripée à ses épaules, légèrement aggripée, comme mûe par une indicible confiance. Je n'ai pas conscience du monde dans lequel je vis. Je ne sais pas encore que Mbaly a laissé ses enfants à sa mère, son mari à la mine d'or du Transvaal.

Ce qui me revient, c'est qu'elle sait me distraire en me racontant l'histoire d'Abiyoyo ou m'apaiser en me chantant « Thula baba », la berceuse qui m'annonce le retour de mon père, celui d'une étoile qui le précèderait pour le guider vers moi.

Thula thul, thula baba, thula sana,
Thul'ubab uzobuya, ekuseni.
Thula thul, thula baba, thula sana,
Thul'ubab uzobuya, ekuseni.[2]

Mais moi, je ne le vois pas revenir parce qu'alors, il est sur le port et rentre bien tard à la maison, s'il rentre même parfois. Je sens ma mère malheureuse, ce malheur qui la fait rudoyer les domestiques, crier contre ses enfants quand elle les croise incidemment.

Mbali m'apprend aussi les comptines avec sa voix grave que ses propres enfants n'entendront jamais. Mais il y a surtout « Shona malanga » :

Shona !
Shona malanga !
Shona malanga shona !
He sizo dibana
Dibana, dibana[3]

---

[2] *Sois sage, sois sage petit homme, sois sage bébé,*
Sois sage, Papa sera de retour au matin.
Sois sage, sois sage petit homme, sois sage bébé,
Sois sage, Papa sera de retour demain matin.

[3] Descends !
Que le soleil descende !
Que le soleil descende, descende !
Jusqu'à ce que nous nous retrouvions !

Je découvre bien plus tard que c'est un chant de lutte contre l'apartheid. Mais pour moi alors, c'est seulement une mélodie, des sonorités, un rythme qui me donnent envie de taper dans les mains et de danser. Alors je tape dans mes mains, je danse et Mbali tape dans ses mains et danse avec moi, avec ce drôle de sourire parfois, ce regard humide qui m'interpellera plus tard, beaucoup plus tard, quand je comprendrai. Mais il sera trop tard. Je serai déjà loin d'elle, de ce pays et de ses bouleversements.

Sur ce cliché, j'ai l'air détendu, heureux. Je n'ai pas peur. Je suis une enfant sur le dos d'une femme. Je suis pieds nus. Peut-être sommes-nous parties à la hâte ? Elle, elle a un air sombre que je ne lui connais pas. Je dois être trop lourde et je la fais souffrir. Ou elle a peur d'être surprise ainsi, moi blanche sur son dos de noire, dans une société qui nous sépare et où la police a des yeux partout.

Que se passe-t-il ensuite ? Elle a dû me ramener à la maison. Qu'ai-je vu de son quartier, de sa maison, de sa vie ? Ai-je rencontré ses enfants, sa

---

Nous nous retrouvions, nous nous retrouvions !

mère dans la case qu'ils partagent et que j'imagine comme celle que j'ai pu voir lors de mon voyage à Soweto, après, bien après les événements qui devaient changer à tout jamais l'Afrique du Sud ?

Mes souvenirs d'enfance n'en gardent aucun trace et j'en pleure de rage et de chagrin.

Petit matin

« Winter » XIX ème siècle[4]
Georges- Henry Boughton-1833-1905-

—D'où venez-vous ma chère ?

—Ah, vous êtes là. Il fait froid ce matin, ne trouvez-vous pas ? Il vaut mieux être très habillé ! Ainsi j'apprécie le manchon que vous m'avez fait confectionner avec ce vilain renard qui dépeuplait le poulailler !

—…

Il se tient à distance, une main appuyée sur ce fichu parapluie vert qu'elle déteste tant, pour l'avoir si souvent vu frapper les épaules des domestiques, l'autre main ancrée sur la hanche, coude ouvert. Il est là, face à elle, dans son pardessus élimé, homme vieillissant et qui demande des comptes.

Lui demander des comptes à elle ? Et en vertu de quoi ? Parce qu'elle est son épouse, sa bien plus jeune épouse ? Mais c'est ainsi, n'est-ce pas ! Il en

---

[4] https://br.pintrest.com/pin/255016397640130461/

a le droit ; il a tous les droits. Sa mère ne le lui a-t-elle pas seriné, juste avant leur mariage ?

« La femme appartient à son mari qui peut en faire ce que bon lui semble. C'est notre lot à toutes, ma chérie et ce ne sont pas les quelques contestataires qui manifestent à Washington qui y changeront quelque chose ! Soumets-toi, sinon tu seras malheureuse. »

Se soumettre ? Et pourquoi ? La femme serait donc « civilement morte »[5].

Louise fuit pourtant le regard de son mari, tête basse, les yeux dissimulés par le large chapeau noir garni de quelques plumes, mains recroquevillées dans le manchon de renard roux. Que lui dire d'autre que cette remarque sur le temps qu'il fait ? D'ailleurs, il n'y a rien d'autre à dire que cela. Lui confier ce qu'elle vient de faire serait la condamner à la damnation, à la répudiation qui sait !

— D'où venez-vous, ma chère, par ce froid ?

—Je me promène, répond Louise de sa voix douce. J'aime le froid. Ne trouvez-vous pas que l'hiver est

---

[5] Mildred Adam 1934

une belle saison ? Certes, le froid est mordant mais il donne du rouge aux joues.

—Ce rouge ne vient-il pas d'autre chose, ma très chère ?

Louise lève les yeux vers cet homme qu'elle n'a jamais aimé et n'aimera jamais. Qu'il est laid, posté devant elle en accusateur ! Planté, devrait-elle dire, les deux jambes écartées, la mine sèche et l'air chafouin. Comment a-t-elle pu partager sa couche ? Revivre cette étreinte d'une rare laideur la fait frissonner.

—Vous avez froid et vous sortez par ce temps glacial ! Regardez vos bottines : détrempées comme si vous aviez fait des kilomètres dans la neige. D'ailleurs les avez-vous faits, ces kilomètres ? Vers la cabane de chasseurs peut-être ? Pour y retrouver un homme, non ? Allons répondez ! Vous n'êtes pas en mesure de fuir, de mentir. Vous me devez la vérité car je suis votre époux et je suis responsable de vous. (Silence) Madame, j'attends ?

Louise soupire en levant les yeux. Elle croise un instant le regard noir de John Boughton.

Ne rien dire. A quoi cela servirait-il ? Qui admettrait sa version ? Elle n'est pas admissible dans cette société figée. Garder le secret est la seule option. Avouer ces choses pourrait être puni par la loi. Si seulement on pouvait agir sans se cacher, vivre pleinement l'urgence de rendre la vie plus belle ! Mais ce siècle est puritain : la culture, la religion, les hommes, tout concourt à garder les femmes dans un état d'infériorité, à les contraindre à obéir sans discuter, à ne pas penser, à ne pas vivre, à ne pas jouir de la vie. L'homme blanc est roi !

—Qu'attendez-vous que je vous dise, Monsieur ? Je me promène, voilà ce que je suis en train de faire.

—Vous vous moquez de moi. Savez-vous que je puis vous enfermer, vous faire garder par une domestique, dans la solitude la plus absolue ?

—Feriez-vous cela, Monsieur, vous qui m'avez dit qu'ici je serai libre de faire ce que je veux, dans la mesure où je respecte notre contrat.

—Le respectez-vous, Madame ?

—Oui, Monsieur, je le respecte. Il n'y a rien ici que je puisse me reprocher de faire. Je me promène ce matin de bonne heure, dans la neige. Mes bottines sont mouillées ; j'ai peut-être un peu froid. Mais je me sens libre, Monsieur, enfin libre !

—Pourtant Madame, je vois que vous avez couru. Votre souffle reste court et le rouge à vos joues, s'il vous va à ravir, me dit, à moi, que vous me cachez quelque chose.

—J'ai couru, Monsieur, je l'avoue. Je voulais retrouver la sensation que j'avais, petite, lorsqu'avec mon père, nous allions au galop dans les prés de Stanfield. Est-ce interdit par le mariage, Monsieur ?

John Boughton se tait. Il n'a pas bougé. Statue d'un commandeur de plantation, il plonge son regard dans celui de Louise qui ne bronche pas.

—Quand baisserez-vous les yeux, ma chère. Oubliez-vous qui je suis et ce que vous me devez ?

—Que vous dois-je, Monsieur ? Un nom, un domaine, un titre ? J'avais tout cela avant de vous connaître. Avant que nos familles s'entichent de nous marier. Pour des raisons bien matérielles, non ? Ma fortune ne vous a-t-elle pas permis de conserver ce domaine ?

—Mais vous raisonnez, Madame. Est-ce bien digne d'une femme ? Où avez-vous appris cela ? Auprès de votre amant ? Ce bellâtre dont je vois parfois la monture traverser mes champs au mépris de ma propriété. C'est lui, n'est-ce pas ? Ce comte de je ne sais quoi ? Un jouisseur, un malfrat. J'ai ouï dire qu'il aide les esclaves à quitter leur état. Depuis quand les nègres ont-ils besoin de liberté ? Ce sont seulement des meubles qu'on achète, qu'on vend, parce qu'ils ne sont bons qu'à cela.

Louise s'est détournée pour dissimuler sa rage.

—Retournez-vous, Madame. Madame, je vous parle. J'attends une explication.

Il la saisit soudain par le bras, l'obligeant à lui faire face.

—Vous me faites mal, lâchez-moi ou…

—Ou quoi ? Vous allez faire quoi ? Vos bagages peut-être ? Pour aller où, Madame ?

Louise ne dit rien. Même son visage ne dit plus rien. Que peut-elle faire ou dire ? Elle est liée à cet homme à jamais. Comme toutes les femmes de son époque, elle ne peut rien d'autre que subir l'autorité souvent violente de son époux.

Soudain, un coup de feu retentit. John Boughton s'effondre. Là, à quelques mètres de lui, se trouve un destrier blanc, monté par un cavalier. Louise se précipite vers lui, se saisit du fusil, le pose près du corps, sans un mot, sans un regard. Puis elle part en courant vers le château. Elle dira plus tard qu'elle a découvert son mari, un peu plus loin, là où s'arrête le domaine. Il gisait dans la neige, rougie de son sang, le fusil à portée de main. Le domaine était aux prises avec des problèmes financiers. Ne l'avait-il pas supporté ? Ou n'avait-il pas déjà compris que son monde était en train de disparaître ?

Louise se dit alors qu'elle pourra accueillir qui bon lui semble au château, même si elle devra se montrer prudente quand ce seront les esclaves fugitifs des plantations environnantes. Mais ces promenades matinales l'y ont préparée.[6]

---

[6] « La lutte contre l'esclavage a été l'un des facteurs de rapprochement entre les femmes, toutes les femmes qui vivaient sur le sol américain. » Juliette LEDRICH - *Évolution du féminisme états-unien au XXe siècle à travers le prisme de trois femmes journalistes : Mildred Adams, Dorothy Dunbar Bromley et Susan Brownmiller*

Rendez-vous manqués

« Un déjeuner dans l'atelier » Manet 1868[7]

« La vérité est que l'art doit être l'écriture de la vie."
Edouard Manet

Je ne sais pas ce qu'il fait là, appuyé sur la table, tournant le dos à son père. Oh, son père, il ne s'en soucie pas plus que ça. Il boit tranquillement le café que je viens de lui servir, en tirant sur son cigare, le chapeau vissé sur le crâne, comme si on mangeait avec un chapeau sur la tête. ça porte malheur ! C'est comme d'ouvrir un parapluie dans une maison ! On aura tout vu dans cette famille !

Monsieur m'a prévenue ce matin :

—Mon fils Paul vient manger. Vous prendrez des huîtres, c'est la saison et il les adore. Et vous nous

---

[7]

https://commons.wikimedia.org/wiki/File:Luncheon_in_the_Studio_-_Manet.jpg

préparerez une belle andouillette avec ce gratin que vous réussissez si bien.

Je n'étais pas peu fière ! Je me suis dis :

—Ah quand même, il reconnaît ! Depuis le temps que j'en fais des gratins ! Mais avec les huîtres, j'ai trouvé que l'ensemble était peu digeste. Et puis, je suis presque sûre que Monsieur Paul n'aime pas ça ! Mais c'est Monsieur qui décide, n'est-ce pas !

—Il faudra sortir l'armure et le sabre du cagibi et me les astiquer pour que ça brille ! a-t-il repris.

Comme si je n'avais que cela à faire ! Arroser cette maudite plante verte qui grandit tant qu'elle touchera bientôt le plafond, faire la poussière, m'occuper du linge, préparer le repas ! Sans parler du chat qui perd ses poils et trouve le fauteuil très confortable ! Un chat noir, en plus ! Pourquoi, faut-il en plus que j'astique les armes ? Je vous le demande ! Je ne suis pas une ordonnance de colonel, moi ! Et pourquoi sortir ce vieux machin ? Pour montrer qu'il est le chef ? Il est devenu bizarre, Monsieur, depuis la mort de Madame.

C'est pour cela, je pense, que monsieur Paul vient rarement le voir. Il vit à Paris. On le voit, tant il est bien habillé ! Pantalon blanc, veste noire, cravate et canotier ! Un vrai dandy, ce jeune homme. On dit dans le village qu'il mène une drôle de vie à Paris ! Il aurait des maîtresses, des dames d'un certain âge qui lui offriraient des cadeaux ou autre chose. D'autres disent qu'il entretient des danseuses. Moi, je répète ce qu'on dit au village !

Monsieur Paul est arrivé, l'église sonnait midi. Il est entré, sans frapper. Il est chez lui d'accord, mais malgré tout, c'est surtout chez son père ici ! Je pense qu'il aurait pu frapper. Monsieur n'était pas encore descendu. Il m'a souri, a posé un baiser sur ma joue:

—Rose, comment allez-vous, ma chère Rose ?

Ah, ce sourire ! Depuis qu'il est tout petit, il a ce sourire ! Un sourire charmeur. Je comprends que ces dames…

Donc il m'a souri et je crois que j'ai dû rougir. A mon âge, j'ai un peu honte mais j'avoue que ça m'a fait plaisir. «Ma chère Rose », c'est plutôt gentil ! Et le baiser ! J'ai fondu !

Monsieur est descendu peu après ; il avait dû l'entendre arriver. Entre eux, on voit tout de suite que ce n'est pas le grand amour ! Ils ne s'embrassent jamais, ne se serrent pas dans les bras l'un de l'autre. Aucune tendresse. C'est surprenant après ce qu'ils ont traversé ! A moins que ce ne soit par pudeur. Madame, elle, le prenait dans ses bras, son fils, elle le cajolait, lui disait des mots gentils, le complimentait sur sa mine. Monsieur ne fait jamais ça. Il le regarde, le salue d'un signe de tête et va s'asseoir à table.

—Mangeons, dit-il.

Monsieur Paul ne dit rien. Je crois qu'il soupçonne son père d'avoir fait exprès pour les huîtres. Je n'ai rien dit quand Monsieur m'en a parlé car Monsieur n'en fait qu'à sa tête. Et puis, ils ont un compte à régler, à mon avis ! Lequel ? Va savoir. Pourvu qu'ils n'en viennent pas aux mains, c'est tout ce que je demande. Quoique dans ce milieu, on évite ou on se bat en duel. D'où les armes peut-être ?

Le repas a commencé. J'ai apporté le plat de charcuterie d'abord, du beau jambon cru bien charnu, bien rouge avec des cornichons. Je les ai laissés mais j'avais une oreille !

Silence total. Pas un mot. Seul le bruit des couverts, misérable tintement qui signifie qu'il y a ici des gens qui mangent. Le silence, vous dis-je ! Chacun dans son coin, dans ses réflexions, dans sa bulle ! A quoi pensent-ils d'ailleurs, chacun de son côté ?

§§§§§

Elle fait une de ces têtes, cette chère Rose ! Elle n'a pas encore compris ! Une gentille fille, enfin une gentille dame, car elle a bien vieilli, celle dont le giron m'accueillait en rentrant de l'école, celle qui me berçait quand j'étais malheureux. Car du malheur, il m'en a fait goûter le vieux ! Aucune tendresse, aucune attention. Il n'y a qu'à voir aujourd'hui ! Des huîtres, il m'inflige des huîtres alors qu'il sait pertinemment que je déteste ça. Il a toujours été comme cela : malfaisant, méchant, toujours grognon, jamais content ! Voir le côté positif des choses lui est étranger. Son éducation peut-être ? Maman disait que son père était un « tyran domestique », doublé d'un ours cruel et colérique. Au moins, lui, il ne se met pas en colère. Il ne dit rien. Il semble vivre dans un autre monde, loin de tout, surtout depuis le départ de Maman. C'est vrai qu'elle nous manque mais la vie continue ; il n'est pas vieux quand même. Il pourrait profiter de l'existence. J'ai longtemps rêvé d'avoir une vraie conversation avec mon père, lui dire que je suis là pour lui, et parler du monde qui va mal mais pour lequel il faut se battre, le refaire peut-être avec passion, ensemble. Mais j'ai renoncé : il est inaccessible. Clos, comme ces huîtres avant que l'idée de les manger lui vienne ! Et cette armure que la pauvre Rose a astiquée pendant de longues heures, sûrement ? Il y a même le sabre ! Qu'est-ce que ces objets viennent faire ici ? Voilà une éternité que je ne les avais vus. Depuis, oh, je n'en ai aucun souvenir en fait. Je sais seulement qu'il les sort de temps en temps. Pourquoi ? Comme preuve de son pouvoir, de sa virilité ou de ce qu'il en reste ? Pour une fois encore m'humilier ? Pour que je lui pose la question ?

—Tiens, vous avez sorti l'armure et le sabre ! Pourquoi donc ?

Il ne répondrait pas ; il ne me parle pas ; il grogne. Il pourrait me raconter l'histoire de ces armes ; m'expliquer la raison pour laquelle il agit ainsi. Mais jamais une phrase, parfois un mot, mais si rarement.

Alors je viens peu le voir puisqu'on ne se dit rien. Il ne sait rien de ma vie alors que je pourrai lui faire partager mes joies et mes peines, mes réussites, mes combats. Le journalisme est un métier passionnant. On est au cœur de l'événement en tentant cependant de prendre la distance nécessaire à l'analyse. Cela n'est pas toujours facile pour l'enthousiaste que je suis ! Le monde est tellement cruel, les hommes tellement fourbes et barbares. Mais j'aime plonger dans l'actualité brûlante, confronté aux dangers des conflits qui se jouent dans les rues ou à l'Assemblée, comprendre le monde, le fonctionnement de nos contemporains. Et puis, il y a Paris. Ah, Paris ! Ville lumière, dit-on, et c'est vrai. Quand les réverbères offrent une pluie d'étoiles à la Seine, quand s'animent les bars, les caf'conc, quand sortent les jolies dames, avenantes et joyeuses. Les quais ensoleillés qui accueillent les badauds dès le printemps ; les robes à crinoline qui font les femmes belles et désirables ; les larges avenues où s'égrènent les calèches, au rythme des sabots des chevaux. Et le Bois, sa fraîcheur mais aussi son monde policé et rieur. J'aime Paris. Alors qu'est-ce que je viens faire ici ? Qu'est-ce que je viens chercher dans la maison paternelle ? Est-ce par reconnaissance d'une éducation qui m'a permis d'être ce que je suis ? Par orgueil aussi, pour montrer que j'existe. Pour défier ce père qui, j'imagine, sirote actuellement son café en fumant le cigare. A quoi peut-il bien penser ?

§§§§

Il n'est pas encore parti ! Sa main est appuyée sur le rebord de la table, à côté du couteau. Il me tourne le dos. Comme si je n'existais pas. Alors pourquoi vient-il me voir ?   Comme Jeanne me manque ! Elle me dirait, elle, pourquoi.

Et il n'est pas bavard ! Jeanne, au moins, elle parlait, parfois pour ne rien dire, il est vrai, mais il y avait alors de la vie dans cette maison et des éclats de joie dans ses yeux. Elle était si belle, si joyeuse, si spontanée. Un peu envahissante aussi mais elle avait le défaut de ses qualités. Sa mort me laisse démuni et je sais que je me ferme aux autres, à ce fils aussi qui pourtant vient me voir régulièrement mais qui ne me dit rien de lui. Que sais-je d'ailleurs de sa vie à Paris ? Qui fréquente-t-il ? Sûrement ces gribouilleurs de peintres ou ces écrivaillons qui font scandale. Et les filles légères ! Il est journaliste, oui, un de ces pisse-copie, de bobardiers qui inondent la société de ragots. Et puis, cette tenue de dandy apprêtée et tapageuse. Ce pantalon blanc ! Pour moi, rien ne vaut le velours à grosses côtes, confortable et peu salissant.

Il a compris pour les huîtres : il n'est pas le bienvenu. Il doit attendre d'être invité. Lui, c'est juste un bleu pour prévenir, et la veille ! Il croit que ça suffit. Rose dit que cela ne la gêne pas mais Rose, elle lui a toujours tout passé ! je trouve qu'elle a tendance à prendre ses aises depuis que cette pauvre Jeanne nous a quittés. J'ai bien vu qu'elle tiquait quand j'ai donné le menu. Il faut dire que les huîtres et l'andouillette, c'est un peu indigeste.

Mon père non plus ne parlait guère sauf quand la colère le prenait tout entier, transformant ainsi notre univers en un enfer tonitruant. Petits, mon frère et moi nous cachions dans la grosse armoire normande, tout au fond, dans les nappes brodées. Ma mère le savait mais elle ne disait rien. Elle subissait la violence de ce colosse. Plus tard, nous nous sommes interposés mais nous étions alors ses victimes. Mon fils, je ne l'ai jamais battu, encore moins Jeanne. Pourquoi frapper avec ses poings quand les mots ou le ton suffisent ? Je reconnais que je ne suis pas facile à vivre mais je suis honnête, enfin je crois. Et c'est moi qui commande ! N'ai-je pas été un soldat émérite qui maniait le sabre avec vigueur ?

Ce café est excellent comme toujours et rien ne vaut un bon cigare après le repas. Lui ne fume pas, pas ici du moins. Mais lui ai-je jamais proposé un cigare ! Qu'est-ce que je lui ai jamais proposé à cet enfant ? Je lui ai donné le gîte, le couvert, l'éducation, c'était mon rôle de père. L'amour, c'est Jeanne qui s'en est chargé. Mais j'aurais pu l'emmener à la pêche, lui apprendre la vie ici, à la campagne. Il serait peut-être resté.

Il va partir, je le sens. Et si je lui disais de rester encore un peu ? Nous irions nous promener dans les rues du village, nous ririons ensemble des facéties des enfants qui jouent sur la place ; nous boirions un verre sous les platanes, nous…

§§§§

—Père, je m'en vais. A bientôt. Je vous enverrai un bleu pour vous prévenir de ma prochaine visite.

Fenêtre sur huis clos

"Room in New York" 1932 *Edward Hopper*[8]

« Si on pouvait le dire avec des mots, il n'y aurait aucune raison de peindre. » Edward Hopper

Mi, mi, fa mi, mi

Mi, mi, fa, mi, mi…

Eva égrène les quelques notes, d'une main souple et légère, paume en coque, longs doigts effleurant les touches, rien qu'effleurant, comme pour ne pas marquer la dissonance.

Le chignon rond blotti à sa nuque est parfait. Rien ne dépasse, rien ne trouble l'apparence nette et harmonieuse. Penchée de profil sur le clavier, tête baissée, bras gauche nonchalamment appuyé sur le piano.

Pourtant Eva paraît être à bien autre chose. Ennui, lassitude, solitude, tristesse ? Sa longue robe rouge

---

[8] https://www.edwardhopper.net/room-in-new-york.jsp

laisse découvertes ses épaules tout en rondeur ; les plis dissimulent sa parfaite silhouette, celle qu'il semblait vénérer. Autrefois, pas aujourd'hui. Du moins, c'est ce qu'elle pense, ce qu'elle redoute aussi. Qu'il la quitte. Bien sûr, on ne s'attend jamais à cela. Surtout quand on n'a que trente ans, qu'on est belle, intelligente et qu'on aime la vie. Mais voilà, c'est une éventualité maintenant. Il peut la quitter ; il devrait, après ce qu'il a fait. C'est dans la logique des choses, dans la logique de leur relation. D'où ces notes qui disent une chanson qui parle d'abandon, de sacrifice, d'abnégation totale, par amour, par passion.[9]

Mi, mi, fa, mi, mi

Mi, mi, fa, mi, mi…

Lui préfère le rouge du fauteuil qu'il habite d'un bout de fesse. Coiffure blonde impeccable, cravate noire sur chemise blanche, gilet noir. Le parfait New Yorkais. Absorbé par la lecture du journal qu'il tient haut, comme pour dissimuler Eva à ses yeux. Presque vide le journal, comme lui paraît aujourd'hui sa vie avec elle.

---

[9] https://www.youtube.com/watch?v=i2wmKcBm4Ik

Que reste-t-il de la passion qui les dévorait nuit et jour, sans relâche qu'un sommeil, embrassés ?

Qu'est devenue la folie qui les portait à vivre goulument, sans rien craindre de l'avenir, sans rien désirer d'autre que d'être ensemble, éternellement ?

Julian laisse ses yeux courir sur la même page, sans rien retenir de ce qu'il voit : il ne peut pas lire tant il est envahi par l'urgence de sa décision ; le journal fait écran au déferlement d'angoisse qui l'habite. La quitter, oui, il doit le faire, après tout ça. Mais comment ? Comment gommer les années joyeuses de leur vie, les voyages vers des ailleurs qui les nourrissaient, dardaient en eux l'aiguillon d'un amour absolu où chacun se perdait délicieusement, en l'autre, en pleine volonté. Comment survivre à un tel amour ? Ouvrir cette vilaine porte brune ; jeter un dernier regard à ces tableaux quelconques achetés parce que c'était la mode ; ne pas la regarder, la laisser à sa musique lancinante, triste, décourageante ; fermer la porte, tout doucement, comme un voleur de bonheur ?

Mi, mi, fa, mi, mi

Mi, mi, fa, mi, mi…

Ou…

Eva s'évade. Pas loin, non, juste par la fenêtre grande ouverte qui laisse glisser les notes dans la nuit de New York. Elles rejoignent les trépidations d'une ville sans repos : klaxons, cris parfois, rumeur d'une humanité qui ne dort jamais. Mais aussi lumières des néons qui enflamment l'obscurité, faisant lever le jour avant l'heure. Sortir, voilà, sortir ce soir. Comme on l'avait prévu mais comme on ne l'a pas fait parce que…

Mi, mi, fa, mi, mi

Mi, mi, fa, mi, mi…

—C'est agaçant à la fin, cet air !

—Ah ?

—Oui, ces notes qui résonnent, toujours les mêmes !

—…

— Pourquoi ne dis-tu rien ?

—Pourquoi veux-tu que je te dise quelque chose ?

Eva tourne son corps vers l'instrument, ultime protection contre les mots, ceux qu'ils pourraient se dire, ceux qu'ils vont peut-être se dire. Enfin.

—Eva, regarde-moi. Au nom de notre amour.

—De quel amour parles-tu, marmonne Eva, immobile.

—Le nôtre, Eva, répond doucement Julian.

—Le nôtre ? Mais il n'existe plus, dit-elle en se retournant brusquement. Tu l'as brisé, jeté aux orties, trahi, dit-elle dans un cri.

—Non, je ne l'ai pas trahi. J'ai seulement stoppé sa progression.

— « Stoppé sa progression » ! Quelle belle expression ! Dis plutôt que tu as commencé une autre histoire, sournoisement, sans rien montrer, comme si tu pensais que je ne verrais rien !

—Eva, c'est une histoire d'amour. Je sais, encore une, me diras-tu !

—Encore une ! Il y en a eu tant d'autres, alors ? Je crois que je m'en doutais un peu. Mais je pensais que ces passades allaient… passer. N'est-ce pas ainsi ?

—Eva, non. Ce n'est pas une passade.

—Je te déteste. Je hais tes mensonges ; je hais jusqu'à l'amour que nous nous portions. Et d'ailleurs, m'aimais-tu ?

—Que vas-tu penser ? Pourquoi remettre en cause ce qui nous lie à jamais, ce sentiment d'être deux coques d'un même fruit, de regarder dans la même direction, ce…

—Eh bien, tu as bifurqué, toi, l'interrompt Eva.

—J'ai pris un chemin de traverse, peut-être. Une invite à un monde inconnu ; un coin de ciel encore inexploré. Mais je suis ainsi fait que la compagnie des femmes me plait, toutes les femmes. Même si la seule qui compte, c'est toi. (Un temps) Et Solange. Maintenant.

—Oh, s'exclame Eva dans un éclat de rire ! Elle s'appelle Solange ! Quel horrible prénom !

—Ne sois pas ignoble, Eva. La trivialité ne te va pas ! Ne détruis pas notre si belle histoire, ne salis pas nos souvenirs communs. Non ! Pas ça, je t'en prie !

—Parce que c'est moi qui détruis notre histoire ! On aura tout vu. Monsieur rencontre une femme, la saute- au passage, Louis me l'avait déjà dit ; tu sais, Louis, ton meilleur ami, celui qui ne dévoile rien de tes secrets ! - Donc, je subis tout cela et c'est moi qui détruis notre si belle histoire ! J'en arrive à me questionner sur la beauté de cette histoire ! (Elle s'arrête, respire, semble prendre des forces). J'aurais préféré que tu meures, tu sais. J'aurais eu du chagrin, j'aurais dépéri, j'en serais peut-être morte, mais au moins, je ne serais pas sentie aussi humiliée de ma vie !

Mi, mi, fa, mi, mi

Mi, mi, fa, mi, mi…

Pfutt : la main d'Eva a glissé bruyamment sur le clavier, rageusement, tout emplie de colère, libérant ainsi la violence qui l'agite. Le corps est impassible pourtant, presque clos sur l'instrument maintenant silencieux.

—Je te hais ; va-t'en, dit-elle dans un souffle.

—Eva, je t'en prie.

Julian s'est levé, jetant le journal sur la table ronde qui les sépare. Il se tient face à elle, obturant la fenêtre. Elle garde la tête baissée, obstinément, refusant tout contact, tout dialogue.

—Eva, regarde-moi. Je ne vais pas t'abandonner, tu sais. Rien ne peut me faire t'abandonner.

—Menteur, tu n'es qu'un menteur ! Comment peux-tu mentir ainsi ? Regarde ; voilà ce que j'ai trouvé dans une poche de ton veston.

Elle montre l'enveloppe beige, sur la table. Julian a pâli.

—Tu vois, je sais que tu t'en vas. Et je sais où, et avec qui. C'est écrit là, dans cette enveloppe, sur des billets d'avion pour Camberra. Camberra, c'est l'Australie, n'est-ce pas ? Tu te souviens ? Nous voulions y aller. Et tu y vas, sans moi. Et nous alors ?

—Il n'y a plus de nous, Eva. Oui, je pars. Je t'en prie, essaie de comprendre que notre histoire est finie. Dix ans d'une vie bien remplie, somptueuse, heureuse. Mais Il y a encore tant d'années à vivre, pour moi mais aussi pour toi. Et puis, le charme est rompu, le mystère a disparu ; la routine est là. Regarde, je lis le journal, tu pianotes et nous ne partageons plus rien. Nous laissons même une table s'installer entre nous !

—Va-t'en, Louis ; c'est vrai, tu n'as que ça à faire. Ne perds pas ton temps avec tes trahisons. Vis ta vie et je vivrai la mienne, ou pas, ne t'en fais pas pour moi.

Mi, mi, fa, mi, mi

Mi, mi, fa, mi… sol, sol, la, si, si, si, si …

Parle-moi

« Unter Strom » 2012- *Xénia Hausner*[10]

« Je ne veux pas que tout soit réglé quand je commence à travailler sur une image. Il doit y avoir quelque chose de non résolu que je peux comprendre. C'est la partie excitante. La photo prend souvent une tournure surprenante qu'il faut ensuite accepter »
Xénia Hausner

—Ma chérie, lève-toi, je t'en prie. Ou dis-moi quelque chose. Parle-moi.

Lise est là, allongée sur le canapé beige, le regard fixé sur nulle part, la mine boudeuse.

Et je suis penchée sur elle, mère inquiète.

Lise est prostrée ainsi depuis qu'elle est rentrée du travail. Elle est coiffeuse dans un grand salon qui voit passer des gens célèbres qui ne la voient pas. Pourtant elle est si jolie avec son visage encore plein d'enfance, auréolé de courts cheveux auburn.

---

[10] http://1collection.unblog.fr/2019/07/19/xenia-hausner-2/

Mais il y a des mondes qui ne se rencontrent jamais vraiment. La vie est ainsi faite. Pourquoi vouloir changer les choses ?

Elle semblait si heureuse hier, comme si un événement exceptionnel était arrivé, comme si son destin allait changer, le pauvre destin que je peux lui offrir, dans la caravane que nous partageons depuis qu'on nous a pris notre maison. La crise a tout emporté. John d'abord et son fabuleux rire que la maladie a éteint d'un coup, après que l'usine eut fermé et que tous les ouvriers se fussent retrouvés sans travail. Puis notre fils aîné, tombé de la large poutre qui surplombait le ciel de New-York quand il construisait le gratte-ciel. Moi, j'ai survécu, au prix de calculs impossibles, de privations, de sacrifice, de fils blancs dans mes longs cheveux bruns. J'ai tenu, pour elle, pour que notre famille ainsi réduite à deux, ait encore un espace de paix et d'affection.

Alors aujourd'hui, la voir sans énergie, couchée dans sa robe rouge feu, je ne peux le supporter.

—Lise, je t'en prie, parle-moi. Dis-moi ce qu'il se passe ? Où est passée la joie que j'ai vue dans tes yeux hier ? Qu'est devenue notre danse endiablée, nos rires, notre fête improvisée ? Tu disais que tout allait s'arranger pour nous, que je ne devrais plus aller me casser le dos à récurer les toilettes publiques, que tu ne pouvais rien dire encore mais que c'était sûr, tout irait mieux demain. Alors ? On est demain. Qu'est-il arrivé ?

Lise ne répond pas. Elle regarde au loin, la mine boudeuse, bras repliés, mains glissées sous sa jolie tête décoiffée. Elle ne bouge pas non plus.

J'insiste ; je ne peux la laisser ainsi, si pâle, si malheureuse ; enfin, je pense, oui, qu'elle est malheureuse. Mais que sait-on vraiment de ses enfants ? Ils grandissent, construisent toute une vie en dehors de nous, bâtissent des sas qui nous ferment des portes, nous excluant ainsi de leur existence. Mais nous faisons tous cela, n'est-ce pas ?

Je me souviens de ce bébé charmant, tout en rondeur, plein d'une énergie inédite pour moi tant son frère avait été pataud dès son plus jeune âge. Puis cette petite fille qui voulait tant danser et qui parfois n'hésitait pas à monter sur les tables du drugstore John Doe pour se produire. Comme elle aimait être le centre du monde ! Comme elle riait de tant de gloire aléatoire. Elle rêvait, elle se pensait danseuse à Broadway, actrice à Hollywood. Elle serait célèbre et nous serions enfin heureux, nous quatre, nous qui traînions à longueur de journée notre malheur de ne pas être nés au bon endroit.

Une adolescence plutôt secrète ; peu d'amies ou qui changeaient souvent. Une peut-être, jusqu'à récemment mais celle-ci avait choisi de se lier à un homme abject qui profitait de sa jeunesse.

—Lise, je t'en prie. Regarde moi. Tu peux tout me dire, tu le sais, non ?

Peut-elle tout me dire ? En fait, je n'en sais rien. M'a-t-elle jamais confié quelque chose d'intime, de personnel ? Malgré tous leurs efforts, les mères ne sont-elles pas des obstacles à toute confidence ? Parce que l'intimité d'une fille renvoie à celle de sa mère et, en particulier à la relation de celle-ci avec celui qui est à la fois père et mari ? Ou parce que la complicité entre elles doit se construire en dehors de tout autre personne ? Je n'y avais pas pensé avant aujourd'hui. La crise que traverse Lise me plonge dans la perplexité puisqu'elle m'incite à analyser notre relation. Peu de mots, quelques gestes d'affection comme cette main qui se pose un instant sur le bras ou qui remonte une mêche rebelle.

—Lise, s'il te plait...

Elle lève un peu les yeux sans bouger la tête. Son regard doit accrocher le fil électrique que nous avons dû tirer pour profiter d'un peu d'électricité. Il est enroulé sur un clou, nouvelle preuve de mon inefficacité à nous sortir de là. Car tout est de ma faute. J'ai voulu le meilleur pour mes enfants ; j'ai voulu qu'ils aient chacun un métier, un statut social, un avenir. Et je n'ai pas compris que sortir de sa condition est illusoire. Je leur ai fait croire que c'était possible.

Lise se retourne un peu vers moi, comme si elle sentait le débat qui m'anime. Son pauvre regard fuit rapidement le mien mais elle accroche ma main, s'y cramponne alors qu'une larme naît à la pointe de ses longs cils, perle ronde qui bientôt glisse sur sa joue.

—Ma chérie, pleure, c'est bon de pleurer. Et puis, nous parlerons si tu veux. Tu me diras ton chagrin, l'épine qui te fouille le cœur.

Mais elle se lève soudain, sort en courant de la caravane et disparaît dans la nuit.

Je hurle son nom, je me précipite dans la noirceur de ce maudit soir, une torche à la main. Je frappe chez ma voisine qui me suit avec ses deux fils. Nous arpentons les bois environnants en criant son nom, nous ameutons notre quartier. Rien n'y fait. La belle solidarité qui s'exprime ici n'y peut rien.

Au lever d'un autre jour, ce coup frappé à ma porte et ces deux policiers engoncés dans leur uniforme et si gênés que je comprends tout. Je les suis, fantôme de moi-même, presque spectre qui entre dans sa tombe.

Tache rouge feu sur les roseaux épars. Corps rebondi offert aux regards des badauds.

J'ai peur ; j'ai mal ; je pleure en silence.

Dans son sac, une lettre à l'en-tête du Delmar Collège.

Mademoiselle,

« Nous sommes au regret de vous informer qu'au vu de votre situation, votre candidature pour le haut certificat de coiffure n'a pas été retenue. »

Le bouquet de jonquilles

« Amoureux aux poireaux » 1950 *Robert Doisneau*[11]

« Toute ma vie, je me suis amusé, je me suis fabriqué mon petit théâtre. » Robert Doisneau

« Puisque je te dis qu'il faut des poireaux dans la soupe !

—Des poireaux dans la soupe ? Jamais ma mère n'en a mis !

—Parce que ta mère ne sait pas cuisiner, tout simplement !

—Parce que la tienne elle sait, peut-être ?

La journée avait pourtant bien commencé. Un rayon de soleil les avait réveillés dans les bras l'un de l'autre. Ils s'étaient souri, embrassé goulument et avaient replongé dans la découverte mutuelle de leurs corps. Ils s'étaient rendormis un peu, mais

---

[11] http://www.artnet.fr/artistes/robert-doisneau/les-amoureux-aux-poireaux

pas vraiment : juste une torpeur faite d'abandon et de plaisir.

Il faisait bon dans le vieil appartement qu'occupaient Suzon et Louis. Jeunes mariés – ils s'étaient dit oui en mars-, ils apprenaient à vivre ensemble, effleurant jour après jour ce qui les différenciait, exhaussant ce qui les rassemblait, soudain tellement craintifs de ce qui pourrait faire voler en éclats les quelques briques qu'ils venaient d'empiler pour construire leur nouvelle existence.

—Dis-moi que tu n'aimes pas la blanquette de veau de ma mère ! Et ses œufs à la neige !

—Parlons-en de ses œufs à la neige. Je déteste les œufs à la neige !

—Ah, ah, ah, se moqua Suzon.

—C'est vrai. Elle s'est imaginé que j'adorais ça. Eh bien non, je ne supporte pas les œufs à la neige.

—Alors, pourquoi tu ne le lui dis pas ?

—Devine.

Louis se détourna et enfila un pantalon.

Suzon se prélassait encore sur le lit défait, témoin de leurs ébats. Allongée sur le dos, elle relevait ses lourds cheveux de son bras dodu, offrant ainsi au regard de son époux la pointe blonde d'un sein rond. Mais Louis ignora cette invite, vexé d'avoir lancé une discussion qui ne menait qu'à une querelle d'amoureux. Tout cela pour des poireaux ! Pourtant, il fallait bien mettre des poireaux dans la soupe, il en était certain.

—Lève-toi, Suzon. On va au marché !

—Chercher des poireaux peut-être ? dit-elle d'un ton mutin.

Sa voix égrena un rire que Louis se refusa à apprécier.

—Allez, viens. Il est dix heures et il n'y aura plus de fraises ! Elles viennent d'arriver sur les étals.

—Tu te souviens de nos fraises alors, questionna Suzon

—Non, pas vraiment, rétorqua brusquement Louis. Allez, lève-toi !

—Oui, oui, ça va, j'arrive !

Suzon se leva d'un bond puis se précipita à la cuisine où elle s'aspergea le visage avec l'eau fraîche de la bassine émaillée.

—Brrr, pas chaude l'eau ce matin ! Il fait quel temps, à ton avis ?

—Est-ce qu'il compte, mon avis, bougonna Louis

—Ne fais pas la tête, voyons ! Les poireaux n'en valent pas la peine.

Louis ne répondit pas, passa dans l'entrée et mit sa veste de tweed.

—Dépêche-toi, Suzon ! Tu es lassante, à la fin !

—J'arrive, j'arrive. Je m'habille et je mets mes chaussures.

Suzon apparut bientôt, fraîche, souriante. Elle avait revêtu un pardessus dont la ceinture mettait en valeur sa taille.

—Attends, mes gants ! Où sont-ils ? Ah, je perds tout en ce moment ! C'est toi qui me fait perdre la tête, mon chéri. Et le panier ? Ah, le voilà !

Louis ouvrit la porte et prit les escaliers.

Suzon le suivit, jouant de ses jolies jambes, les bras ouverts comme une star descendant les marches d'un palais de cinéma, un large sourire sur son visage rebondi. La vie était belle. Louis reviendrait bientôt à de meilleurs sentiments. Quand on parlait de sa mère, c'était toujours risqué. A moins qu'on ne l'encense, ce que Suzon se refusait de faire. N'avaient-ils pas convenu de fuir le mensonge et l'hypocrisie ?

Dehors, le printemps pointait son nez. Les gens ouvraient le col de leur manteau, levaient la tête vers le pâle soleil d'avril, tentant de capter un peu de chaleur. Les enfants jouaient dans le parc, infatigables bambins qui, au soir, s'effondreraient dans leur lit sans demander leur reste.

Suzon les regarda, s'imagina maman, bientôt peut-être. Était-ce si merveilleux d'avoir à veiller sur de petits êtres ? Ne perdait-on pas la liberté qu'on s'était accordée en quittant le domicile familial ? Que deviendrait alors le couple qu'elle formait avec Louis ? Finis les matins coquins, les jeux amoureux du jour, les chamailleries ! Il faudrait faire face. Y était-elle prête ?

Louis marchait devant, ignorant sa compagne qui pressa le pas, s'accrocha à son bras. Louis eut un mouvement d'agacement.

—Donne-moi le panier !

—Si tu n'y mets pas de poireaux ! ironisa Eva.

—Oh, arrête avec ça.

Suzon comprit qu'il ne fallait pas insister. Louis avait parfois du mal à comprendre l'espièglerie de son épouse. Elle aimait tellement s'amuser, plaisanter ! Mais peut-être ne fallait-il pas exagérer ?

Ils prirent les quais de Seine, jetant un œil distrait sur le flot de péniches qui s'alanguissaient sur le fleuve, en partance pour un ailleurs qu'ils ne connaitraient jamais.

On était dimanche et au marché se pressaient les chalands. Les étals regorgeaient de victuailles. Il était passé le temps des restrictions. On n'avait plus à présenter son carnet. Chez le boucher, les tronçons de boudin noir voisinaient avec les quartiers de viande rouge. Les chapelets de saucisses pendaient aux côtés de larges jambons secs et de longs saucissons. Et au centre, majestueuse, trônait une tête de porc dont les oreilles se fleurissaient de persil frisé.

Louis commanda deux belles tranches de foie, un peu de chair à saucisses et quelques grattons. Suzon le laissa faire. Il valait mieux le contenter. A aucun moment d'ailleurs, il ne lui demanda son avis si bien que, pendant qu'il réglait ces achats, elle poursuivit sa course dans le marché.

Ici, s'alignaient les fromages, offrant leur tranche dorée à l'envie des passants, égrenant une large variété de petits chèvres secs tout en embaumant alentour. Plus loin, les primeurs présentaient une impressionnante palette de couleurs : pommes jaunes ou rosées, laitues vert vif échevelées, bettes bicolores ou artichauts violacés. Les choux éclataient dans leur robe verdâtre tandis que leurs cousins, les choux fleurs, ouvraient leur corolle autour de leur bouquet craquant. Les choux verts déployaient leurs larges feuilles grêlées, invitant les cuisiniers au pot au feu ou à la potée. Et là, devant la balance en laiton, blotties dans des coupelles en papier, les fraises !

Suzon se retourna, cherchant Louis du regard. Celui-ci apparut bientôt, le pas léger, l'œil enjoué, la mine réjouie.

—Tiens, ma chérie. Je m'excuse. Ce sont les premières.

Il tendait à Suzon un bouquet rond de jonquilles où celle-ci plongea le nez avec délice.

Au coin de la rue, un photographe saisit l'instant magique de la paix retrouvée ; un homme étreignant d'un bras une jolie jeune femme. Celle-ci sourit, rayonnante sous le baiser appuyé de celui qui porte un panier, rempli de poireaux.

Instants volés

« Terrasse de café » - 1925   Maurice-Louis Branger[12]

*« La photo, c'est une page écrite, un cri, une chanson,
c'est une forme d'expression mais ce n'est pas un
appareil » Man Ray*

Elles se sont installées comme chaque mardi, toujours à la même place.

D'abord la plus grande, une jeune femme tout en longueur, élégante. Elle a une sorte d'intemporalité qui contraste avec sa tenue, toujours très au goût du jour. Aujourd'hui, par exemple, elle a cette jupe à volants plats qui sied tant aux femmes et ces souliers à brides qu'on appelle « richelieux », il me semble. Sur la tête, un large turban cache ses cheveux dont quelques mèches s'échappent. Et la veste large, presque

_____

[12] https://www.roger-viollet.fr/image-photo/terrasse-de-cafe-paris-vers-1925-maurice-louis-branger-roger-viollet-532958

trop grande qui dégage un peu le haut du corps mais qu'une lourde écharpe complète joliment. J'ai longtemps pensé qu'il s'agissait d'un écrivain célèbre mais non. J'ai appris plus tard mais chut, ce n'est pas encore le moment.

L'autre femme arrive après, toujours « en retard ».

—Excuse-moi, ma chère Laure, je suis encore en retard. Je suis débordée !

Laure, puisqu'elle se prénomme ainsi, lui sourit, lui montre la chaise cannelée à côté d'elle, l'invite à s'asseoir, sans un mot.

Adèle, c'est le prénom de la retardataire, est plus petite, plus boulotte peut-être et surtout plus expressive. On sent qu'elle aime la vie et le Cinzano.

—Monsieur Georges, un Cinzano, s'il vous plait, me dit-elle dès qu'elle rejoint son amie. Parfois sans même s'asseoir. Je hoche la tête : son Cinzano est déjà prêt alors je surgis derrière elle et le lui sers immédiatement.

—Oh merci Monsieur Georges. Sans vous…

Elle ne termine jamais cette phrase. Sans doute ne saurait-elle pas la finir. Qu'est-ce qui se passerait si je n'étais pas là ? Quelqu'un d'autre lui servirait le Cinzano. Je ne suis que le serveur de son apéritif préféré. Invisible autrement, sans consistance.

Aujourd'hui, elle s'assied rapidement, commande son Cinzano et sort un petit carnet. Elle l'ouvre, regarde son amie. Car ce sont deux amies. Elles ne peuvent pas être deux sœurs ; elles ne se ressemblent absolument pas.

Elle la regarde puis éclate de rire.

—Si tu savais Laure, si tu savais !

Je ne saurais rien de la suite car le patron m'appelle. Rien de bien important d'ailleurs mais il a dû remarquer que j'étais inactif.

—Ne jamais être inactif, Georges, dans ce boulot, il y a toujours quelque chose à faire ! Allons, bouge-toi.

Mon patron, c'est Jules, un auvergnat autrefois bougnat qui a trouvé plus intéressant d'ouvrir ce bistrot rue de la Gaité que de vendre du charbon, un sac sur le dos. C'est bien situé, tout près des théâtres, si bien qu'on voit passer une clientèle variée : beaux messieurs enchapeautés qui s'encanaillent, jeunes actrices ou comédiennes en recherche d'engagement, bourgeoises accrochées au bras d'un époux qui lorgne de tout côté tandis qu'on les sent quelque peu inquiètes de traverser un tel quartier. Car il y a aussi Margot, Julie ou Gabrielle, les péripatétitiennes du secteur qui, dans une discrétion toute relative, invitent les chalands à d'autres distractions.Mais ça, c'est plus tard, quand la rue s'anime au sortir des théâtres, que les lampions s'agitent au gré du vent du soir et que les bonnes gens sont couchées.

En attendant, il est midi et les deux amies sont installées, comme chaque mardi.

La plus petite écrit dans son carnet, un sourire énigmatique aux lèvres. Elle a négligemment laissé tomber son manteau sur le haut des bras, découvrant ainsi une mince robe de lainage et un sautoir de perles de jais. Elégante elle aussi, elle sait prendre une pose avantageuse, mais le fait-elle exprès ? Les femmes n'ont-elles pas la grâce spontanée ?

La plus grande tourne inlassablement sa cuillère dans sa tasse de chocolat, les doigts de l'autre main délicatement posés à l'ovale de son visage. Elle ne dit rien. Je me demande ce qu'il se passe aujourd'hui. D'habitude, elles se parlent, rient ensemble de ce petit rire discret des femmes du monde, la main en coque devant la bouche. Là, l'une s'est enfermée dans son carnet et ses pensées tandis que l'autre semble réfléchir. Elle ne paraît pas s'ennuyer, non, seulement réfléchir.

Je me dis que c'est ça l'amitié : laisser à l'ami du temps pour être lui-même.

Ainsi Laure laisse à Adèle le temps nécessaire pour accepter le « si tu savais ».

Petit à petit, le regard de Laure se pose sur la main d'Adèle qui écrit fébrilement. Je vais prendre les journaux sur la table voisine, leur demande si tout va bien ; elles me répondent en souriant, m'offrant un bref instant l'éclat de leur joli visage dissimulé par le chapeau. J'essaie de ne pas m'éloigner. J'essuie les tables, range quelques chaises.

—Alors Adèle, que se passe-t-il ?

—Ah Laure, si tu savais ce qu'il m'arrive !

—Dis-moi, j'ai hâte de savoir.

—Tu ne vas pas le croire. J'ai fait quelque chose qui ne me ressemble pas.

—Qui ne te ressemble pas ? Je crois qu'on ne sait jamais ce que tu vas faire, alors, quelle importance si cela ne te ressemble pas, non ?

—Tu me vois comme cela ? Une tête de linotte, une étourdie, une fille perdue ?

—Non, je t'en prie Adèle, je n'ai jamais dit cela !

—J'espère, sinon notre amitié serait morte !

—Tu ne peux pas dire une chose pareille pour quelques mots qui ne font que montrer mon affection.

—Parce que dire qu'on ne sait jamais ce que je vais faire, c'est un compliment, peut-être ?

—Il ne s'agit pas de compliment. Seulement de te faire comprendre combien je te connais bien.

—Voilà, c'est une critique !

—Non, pas plus une critique qu'un compliment. C'est une preuve d'amitié que de dire la vérité à sa meilleure amie.

—Toute vérité n'est pas bonne à dire !

Voilà Jules qui m'appelle au moment fatidique. Sacré Jules. Mettre le couvert, oui, voilà, voilà. Je repars avec une pile d'assiettes, un chiffon sur le bras pour nettoyer les tables. Même si c'est déjà fait, ça me donnera du temps.

Adèle a fermé son carnet, elle regarde drôlement Laure, sans un mot. Ses mains sont crispées l'une à l'autre, ses jambes enroulées l'une dans l'autre. Tendue, prête à l'attaque, peut-être.

Laure tend la main, s'empare du nœud formé par les mains d'Adèle, le caresse, lentement, comme pour apaiser la colère qui brille dans les yeux soudain noirs d'Adèle.

—Je t'en prie, ma chérie, ne te vexe pas ! Je n'ai rien dit de négatif, rien qui devrait te blesser. Si cela a été le cas, pardonne-moi.

Adèle alors se redresse ; d'un geste brusque, elle remonte le manteau sur ses épaules, puis se cale au fond de la chaise, sans regarder Laure. Puis elle se rapproche et s'accoude à la table, tête basse.

—Excuse-moi ; je sais que tu ne voulais pas me blesser. Je suis un peu à cran, tu sais. Parce que j'ai pris une décision cruciale pour mon avenir et que, pour ce faire, j'ai dû batailler contre moi-même, lutter contre cette spontanéité, ce naturel qui me caractérisent et dont tu as si bien exprimé les conséquences : « on ne sait jamais ce que tu vas faire. »

—Veux-tu bien me dire ce que tu vas faire ?

—Eh bien, voilà, reprend-elle en levant les yeux. Je vais quitter Philippe. Je veux pouvoir vivre sans contraintes, sans l'inquiétude de le voir arriver soudain, m'obliger à te laisser là, parce qu'il m'aura pris le bras, m'aura forcée à me lever pour lui obéir, parce qu'il ne supporte pas de me voir attablée devant un Cinzano. Je veux être moi-même, pouvoir aller au théâtre quand je le veux, reprendre mon travail de mannequin si je veux.

Laure tend la main vers Adèle, essuie d'un doigt léger les larmes qui se forment au coin des yeux de son amie.

—Je suis là, ma chérie, je suis là. Ne t'inquiète pas. Je peux dire à Jean que tu veux reprendre du service, si tu veux. Il y a une fille qui part, alors il y a une place pour toi.

Mon chiffon s'est immobilisé sur la table qui se trouve derrière elles. Ccomme c'est beau, une telle amitié.

Laure me fait sursauter :

—Georges, et si vous nous serviez deux Cinzano ?
Nous en avons besoin.

Sur un banc

Paul Almasy - Femme lisant un journal et un homme dormant sur un banc - 1965[13]

« On ne photographie pas la physionomie » Antoine-Auguste Preault

Le voilà avachi sur le banc ! Bien sûr, il fait chaud puisqu'on est en été. Et puis, il y a eu ce repas roboratif. Imaginez un peu, du civet de lièvre en plein mois de juillet ! Ma chère belle-mère est toujours pleine de surprises ! Sans parler du gratin de pommes de terre à la normande, suivi d'un baba au rhum. Et que dire du Nuits Saint Georges et du Moët et Chandon servis alors ? J'ai un petit appétit si bien que j'ai très peu mangé et juste trempé mes lèvres dans mon verre. Mes verres devrais-je dire.

---

[13] https://www.akg-images.fr/CS.aspx?VP3=SearchResult&VBID=2UMESQJVN6TJAZ&SMLS=1&RW=1350&RH=608#/SearchResult&VBID=2UMESQJVN8WCH4&SMLS=1&RW=1350&RH=608&PN=3&POPUPPN=21&POPUPIID=2UMDHUFYWRTH

Trois verres, une coupe, trois fourchettes, trois couteaux, trois assiettes de taille différente. Heureusement qu'il n'y a pas trois entrées, trois plats, trois desserts ! On ne s'en serait pas sortis ! Mais c'est ainsi chez les aristos. On ne fait pas les choses à moitié, on respecte les règles du savoir-vivre en bonne société. Comme dans ce manuel qu'elle m'a offert pour nos fiançailles.

—Vous verrez Lucie – je m'appelle Lucette mais elle m'appelle Lucie, « c'est plus joli, vous ne trouvez pas ? », a-t-elle décrété -, il y a tant à apprendre sur l'art de recevoir. Et avec le métier de Jean, - il est avocat- vous devrez être à même de le faire dans les règles de l'art.

 A croire que je suis une oie blanche, ce qui est peut-être vrai, en la matière seulement ! Je suis certaine que j'en sais bien plus qu'elle sur d'autres sujets plus « croustillants ». Il n'y a qu'à regarder Charles pour comprendre qu'elle n'a pas dû faire de folles et inventives galipettes !

Charles ! Un petit homme grassouillet à la lippe pendante, aux yeux humides et au regard lubrique… J'ai saisi le personnage dès que je l'ai vu. Et poseur avec ça, gonflé d'orgueil et d'importance, la montre à gousset en main, l'autre dans le gilet, le torse bombé en avant comme pour gagner en pouvoir, faute de gagner en centimètres, tout en frisant le ridicule. Quelle vie lui a-t-il offert ? Le luxe, les voyages, les relations mondaines, le nom de De Lannoy. Je me suis demandé si la particule était d'origine, un peu comme le Bel Ami de Maupassant. Mais je n'ai jamais osé en parler à Louis. Charles est l'archétype de l'embourgeoisé…Son fils ne lui ressemble en rien : grand comme sa mère, l'œil clair et bienveillant, le caractère sans fantaisie certes, mais rassurant. C'est ce qui m'a plu chez lui et ce que j'oublie en ce moment quand je vois ainsi abandonné au sommeil d'après bombance, presqu'allongé, jambes écartées.

Je le regarde, les yeux dissimulés par le bord de mon chapeau, derrière ce journal qui me sert de paravent. Avez-vous remarqué combien cet objet peut être un accessoire indispensable pour observer sans être vu ?

Est-ce là l'homme que j'ai tant aimé ? C'était il y a vingt-deux ans. Une rencontre romanesque. J'étais en panne avec mon vélo dans la nuit noire de Paris, en bord de Seine. Etoiles et réverbères rivalisaient pour pailleter d'or les flots du fleuve engourdi par le soir. Je rentrais du travail, harassée : les clients avaient été nombreux et monsieur Hervé était intransigeant sur la qualité du service rendu. J'avais ôté ma tenue, veillant à retrouver un peu de moi-même et enfourché mon vélo pour rentrer me reposer, enfin ! Soudain, je dérapai sur les pavés et tombai sans trop de dommage. Je me relevai et constatai que la chaîne avait déraillé. Sans que j'y prenne gare, un véhicule s'arrêta. En descendit un bel homme à fine moustache, élégamment mis et fort empressé. Il fit signe à son chauffeur, qui n'y voyant goutte, ne put que constater son impuissance si bien que mon vélo et moi montâmes bientôt dans la limousine, car c'en était une. J'étais intimidée par tant de luxe, le bar qui bientôt s'ouvrit devant un assortiment d'alcools et de boissons ainsi qu'un ensemble de couverts qui me parurent être en argent, l'accoudoir en cuir où je posai délicatement mon bras endolori par la chute.

—C'est une Rolls, votre voiture, demandais-je d'une petite voix.

—Une Alvis, année 43. Vous avez vu, il y a un aigle sur le capot. Les Rolls ont une figurine qu'on appelle « spirit of ecstasy », une sorte de femme penchée dont la robe figure presque les ailes d'un ange. C'est révélateur, les femmes ne sont-elles pas des anges ?   Vous vous y connaissez en voiture ? demanda-t-il.

—Non, lui répondis-je en riant, mais j'aime les regarder.

—Il faudra apprendre à les conduire. Je peux vous y aider.

Il avait cette voix suave des acteurs de cinéma, à la fois virile et ferme mais douce, comme soyeuse. Une voix à ne pas résister. Je ne résistais pas longtemps. J'appris à conduire et j'abandonnai bientôt mon métier. Deux ans plus tard nous étions mariés en dépit du peu d'empressement que mit ma belle-mère à me rencontrer, contrairement à son époux dont je dus maintes fois repousser les avances, au début de mes fiançailles avec son fils. Une serveuse, n'est-ce pas, c'était avant tout une câtin ! Mais Louis m'imposa et je m'imposais aussi, contournant les nombreux obstacles qu'elle mit sur la route de notre union : demoiselles de la bonne société invitées avec Louis sans que je le sache, enquêtes sur ma vie antérieure où elle ne trouva rien, surveillance par un détective privé dès l'annonce de nos fiançailles.

—J'adore mon fils ; je veux qu'il soit heureux, serinait-elle à qui voulait l'entendre. Et à moi la première !

En attendant, vingt-deux ans après, son fils est là, vêtu d'un short d'été, pieds nus dans l'herbe, canotier sur les yeux, mains croisées sur la poitrine, écroulé sur le banc. La position reine pour la sieste. Moi, je me suis installée jambes croisées, posture bien droite ; j'ai pris un journal afin d'éviter toute discussion qui depuis bien des années est, soit inintéressante, soit stupide.

—Ma chérie, il fait chaud, ne croyez-vous pas ?

—Oh oui, mon ami, il fait chaud.

—Je pense que je vais faire une sieste. Ma mère nous a encore trop fait à manger. Heureusement, nous sommes passés à côté des œufs à la neige !

—Je ne vous le fais pas dire. Moi, je vais lire : il y a quelques événements qu'il est bon de suivre actuellement dans notre pays. Vous savez que nous allons élire notre président ?

—Ah, vous vous mêlez de politique maintenant !
Mais, ma chère, qu'est-ce que les femmes peuvent
comprendre à la politique ? Occupez-vous de votre
intérieur et laissez-nous gérer le monde.

Je ne dis rien. Chaque fois que je l'ai contredit, nous
nous sommes disputés. Alors je ne dis rien ; je ne
dis plus rien, même si je sais qu'ainsi nous nous
éloignons irrémédiablement l'un de l'autre jusqu'à
ce que ce mariage d'amour se transforme en
mariage de raison.

Le monde pourtant est en ébullition. On sent
comme un vent de folie, la fin d'une époque. Je ne
sais pas si le Général n'est pas d'un autre âge. Mais
qui pour lui succéder ? Un Mitterrand, un
Lecanuet, un Tixier-Vignacourt ? Le droit de vote a
fait de nous des citoyennes à part entière mais
sommes-nous prêtes à l'exercer en toute
responsabilité, sans suivre l'avis d'un père ou d'un
mari ? Je le voudrais, comme toutes les femmes de
mon temps mais il reste tant à faire pour que nous
soyons les égales des hommes.

Tiens, Louis a sorti ces vilaines sandales ! Je ne sais
pas si sa mère l'a remarqué. Elle a bien fait une
réflexion sur le short : c'est « acceptable », en été,

a-t-elle dit. Ou n'a-t-elle pas plutôt dit « tolérable » ? Je n'en sais rien et puis, quelle importance ! Mais ces sandales qu'il traîne lamentablement, qui l'obligent à adopter une démarche inélégante ! Non ! Ce n'est pas lui, l'ancien dandy qui me faisait valser dans les soirées mondaines, qui m'emmenait découvrir le monde, tourné essentiellement vers moi, sa « déesse », disait-il. Et fidèle avec ça ! Enfin, d'après ce que je sais.

Je critique les sandales mais il faut bien avouer que mes chaussures en paille tressée ne sont pas plus élégantes ! C'est la mode ! Et puis, elles sont assorties au ruban de mon chapeau et aux broderies de mon corsage.

Louis ronfle. Je tente d'étouffer un fou-rire ; je le sens qui monte, qui commence à m'étouffer tant il enfle, s'étoffe, se gonfle. Il va éclater, inévitablement. Je respire, encore, mais ne peux me retenir. Il y a alors comme une éruption, un cri venu du tréfond de ma gorge, si bien que Louis sursaute, regarde de tout côté et tente de se relever.

—Aie ! Mon dos ! Qui a fait ça ?

—Quoi, ça, mon ami ?

—C'est vous qui avez crié ?

—Crié ? Je n'ai rien entendu. Vous avez dû rêver. Rendormez-vous.

Il me regarde d'un air complice, cligne d'un œil, repose son chapeau sur le visage et fait mine de ronfler.

Je ris sous cape. Comme on se comprend bien ! C'est tout de même un bon garçon, cet époux. Je lui prends la main, la lui caresse. Il me la serre, murmure dans son nouveau sommeil et je sais alors, qu'en dépit de tout, je l'aime encore.

Joie de vivre

Grace Robertson - sur la chenille - années 50[14]
Maids in waiting –Bert Hardy 1951[15]

« La photographie est, pour moi, l'impulsion spontanée d'une attention visuelle perpétuelle qui saisit l'instant et son éternité »

Henri Cartier-Bresson

—Hortense, ma chérie, quelle joie ! Tu ne changes pas. Si peut-être, tes lunettes ! Tu as changé de lunettes ! Fais voir ! Oui, elles sont plus modernes celles-ci.

—Madly, ma Madly ! Tu es venue me chercher ! Il ne fallait pas. Je connais le chemin même si je ne suis pas venue depuis… depuis combien d'années d'ailleurs ?

---

[14]
https://www.theguardian.com/artanddesign/2010/may/19/photography-grace-robertson-best-shot

[15] https://www.bbc.com/news/in-pictures-22256411

—Cinq ou six peut-être, non ?

—Oui, ce doit être ça. Et alors ? Comment vas-tu ? Et Philippe ?

—Philippe ? Je t'en parlerai plus tard. En attendant, donne-moi ta valise que je la dépose dans la voiture et ensuite, je te fais une surprise.

—Une surprise ! Tu n'as pas oublié que j'aime les surprises !

—Une sœur, ça n'oublie rien ! Que je suis heureuse de te voir !

Hortense et Madly se prennent le bras, sortent de la gare et rejoignent le parking.

—Quand même, tu ne voyages pas léger, toi ! C'est pas comme l'année où nous sommes venues passer des vacances à Ouistreham. Tu te souviens ?

—Si je m'en souviens ! Toi, tu portais cette jolie robe blanche à gros pois noirs dont la jupe se soulevait au moindre coup de vent. Tu jouais à Marylin. C'est vrai qu'avec ta tête blonde, ton corps de reine de beauté, tu n'avais pas grand-chose à rajouter !

—L'accent, l'accent, Hortense !

—C'est vrai, l'accent ; le monsieur anglais que nous avions croisé ne s'y était pas trompé !

—VVou naite pa onglès, vvou ? Disent-elles en chœur.

Elles éclatent de rire, petites bonnes femmes aux formes rebondies et au brushing parfait.

—Viens, on va au bord de la mer.

—Ne me dis pas que tu vas me faire asseoir sur cette fichue rambarde ?

—Tu crois que tu ne pourrais pas ?

—Penses-tu ! Avec mes quarante kilos de plus et mes bras mous, impossible de me hisser là-haut.

—Oui, bon, nous avons pris un peu d'embonpoint mais le cœur y est alors. Chiche ?

—Imagine ! On pourrait tomber, se casser quelque chose et surtout, on serait ridicule !

—Hortense, tu es toujours plus raisonnable que moi. J'ai encore vingt ans dans ma tête et je n'arrive pas à grandir pour certaines choses.

—Tu es comme ça, pourquoi vouloir changer ? Surtout maintenant !

Elles se dirigent vers la plage. Il fait un temps superbe. Quelques mètres encore, quelques mètres qui permettent au vent de s'emparer du chapeau de Madly et de le faire rouler sur la route.

—Tenez, Madame. Voici votre joli chapeau, dit un jeune homme serviable. Passez une bonne journée.

—Tu as vu comme il est beau celui-là ? Ce regard de braise, ce teint mat et cette prestance.

—Je t'en prie, Madly, ne parle pas de baignoire, s'il te plait ; à notre âge, on ne pense plus aux galipettes.

—Et Dieu sait si on en a fait, n'est-ce pas ? Renchérit Madly.

Elles se lancent un regard complice, clignent ensemble des yeux et s'embrassent avec fougue.

—Tu sais, celui qui disait que j'avais de très jolies jambes sous ma robe à pois.

—Celui qui t'as…, celui que tu…

—Oh, tu es une sacrée coquine, quand même ! Jamais je n'aurais trompé Philippe, à ce moment-là. J'étais tellement amoureuse.

—C'est toi qui en a parlé la première !

—Peut-être mais il ne s'agit pas de cela.

—De quoi s'agit-il alors ?

—Eh bien, cet homme, cet Américain, je crois, il a pris plusieurs photos de nous deux assises sur la rambarde.

—Quoi ? Tu les as vues ?

—Oui. Il m'a demandé s'il pouvait les publier. J'ai dit oui.

—Tu aurais pu me demander quand même !

—Oui, mais toi, on ne te voit que de dos. Ou alors, juste un peu de profil. Tes cheveux bruns, voilà ce qu'on voit et tes horribles chaussures fermées. Parfois légèrement plus …

—Et quand il t'a demandé ça ?

—Quelques jours après. Je me promenais vers le Grand Bunker quand je l'ai croisé.

—Tu ne m'en as jamais rien dit !

—Tu étais malade, couchée. Il ne fallait pas te parler. Tu étais malade d'amour, de ton Georges, le bellâtre qui t'a pris ta virginité.

—Madly, non, parle moins fort, quand même !

—Pourquoi ? Ça arrive à tout le monde, s'esclaffe Madly.

Elles sont arrivées à la plage. C'est marée montante : la Manche glisse doucement sur le rivage, laissant sur le sable des dentelles moussues. Ciel et eau s'abîment à l'horizon dans un camaïeu de gris et de bleus.

—Regarde !

Elles s'arrêtent un instant, silencieuses. Soudain les voilà dans les années cinquante, au moment où elles étaient là, deux sœurs lumineuses de jeunesse, parties sans bagage voir la mer.

—Stop. Arrêtons ! Le passé est le passé, s'exclame Madly. Viens, je veux te montrer quelque chose.

—Où est-ce que tu m'emmènes ?

—Tu vas voir.

—On passe sur les caillebottis ? C'est plus joli, non ?

Elles longent le rivage au milieu des ajoncs, dépassent les cabines, ralentissent un peu devant le mémorial Kieffer et parviennent à la fête foraine.

—Madly, dit Hortense dans un souffle. Madly, tu ne vas pas me faire monter là-dedans ?

—....

—Madly, je te parle !

—Viens, ça va être drôle ! On va rire, retrouver notre insouciance, notre jeunesse.

—Mais j'ai peur, je t'assure.

—Avec moi, tu ne crains rien. Je suis toujours là pour toi.

—Bien sûr, je le sais.

Elles sont juste à la guérite du forain. Hortense regarde Madly, lui offre son plus large sourire et demande quatre tickets. Puis elle grimpe dans la voiture, tend la main à Madly qui s'installe à côté d'elle.

—Attention la bagnole, attention la chenille va démarrer, crie le forain.

Le convoi s'ébranle, lentement d'abord. Il monte un peu, se faufile dans un noir tunnel où des cris soudain résonnent, voix d'enfants ou d'adultes, jeunes et vieux qui répondent à merveille à l'effet attendu.

La chenille ressort et entame une montée abrupte et soudain…

Il y a la descente, vertigineuse, endiablée, celle qui fait crier bien sûr, mais surtout rire à gorge déployée, s'étouffer de rire tant on est entre la peur et le plaisir, la descente qui soulève la jupe de Madly, dévoilant un bout de jupon gris, celle d'Hortense qui tient la sienne de ses deux mains, dans un bien inutile geste de pudeur. Madly a posé une main sur son chapeau et a empoigné sa jupe en tentant de dissimuler ce qu'elle n'avait pas eu de peine à montrer quand elle avait vingt ans. Le temps a passé mais le rire subsiste, énorme, jouissif, comme l'amour des deux sœurs heureuses dans la chenille.

Fantaisie parisienne

A Edith Piaf et ses paroliers

Quatorze juillet 1946. La nuit est tombée. Sous les lampions, le bal commence. Quelques hommes se poussent du coude à la vue d'un décolleté appétissant, d'une chevelure flamboyante, juste retenue par un large peigne ou d'un bout de jarretelle entr'aperçu sous un jupon. L'amour, toujours, celui qui fait décrocher la lune mais qui peut faire mourir aussi, quand il s'en va.

Trois jeunes filles s'élancent. Elles y ont pensé à ce bal, elles l'ont imaginé, tant de fois, pendant ces interminables années. Maintes fois déroulé le film d'une soirée pleine de promesses ; maintes fois rêvé le bras d'un homme autour de leur taille, une main effleurant leur hanche. Les voilà peut-être enfin ces moments inondés de frissons, ces baisers dévorants, ce futur tant promis...

La jupe de Martine montre ses jolies jambes. Christine a préféré une robe qui dégage la rondeur d'une épaule.

—Jolie ta robe, Claudine. Et ce décolleté ! Un peu osé, tu trouves ? C'est le 14 juillet, non et on est là pour s'amuser !

Les voilà qui s'engouffrent dans la foule assemblée. L'orchestre entame une valse improbable et Claudine se souvient. C'est celle que jouait son accordéoniste. Tous les soirs, elle se tenait assise face à lui, subjuguée par les doigts secs et longs de celui qui bientôt partirait à la guerre et ne reviendrait plus. Engloutis les projets de maison, de caissière, de patron. Et aujourd'hui, le revoilà cet air, rappelant les gestes oubliés, dans un chahut de tous les diables. Et il fait défiler le passé comme s'il savait tout par cœur. Alors Claudine pleure sur celui qu'elle a perdu.

Christine s'est installée au bar. Aujourd'hui, ce n'est pas elle qui essuie les verres. Mais elle pense à l'homme qui un jour lui a confié sa peine. Elle l'appelait Milord et l'avait invité à oublier celle qui avait brisé sa vie. Ce soir, c'est elle qui est seule mais elle se sent bien. De toutes façons, à quoi ça sert l'amour, pense-telle.

Martine danse dans les bras d'un inconnu. Elle valse, collée au corps musculeux de l'homme. Ecrasés l'un contre l'autre, parmi les gens qui les bousculent, ils glissent, portés par la foule, qui les traîne et les entraîne. Soudain les voilà séparés par une folle farandole. Martine crie, se débat et regarde s'éloigner celui qu'elle aurait pu aimer, pour un soir, pour toujours peut-être.

Il est tard maintenant. Le bal s'achève. Sous le ciel de Paris marcheront bientôt les amoureux, accompagné du chant des mariniers et de tous les oiseaux du monde.

Table